CB137371

O jardim de rosas na alameda das fossas

João Pires da Gama

KOTTER EDITORIAL

Copyright ©João Pires da Gama, 2023.

Direitos reservados e protegidos pela lei 9.610 de 19.02.1998.
É proibida a reprodução total ou parcial sem autorização, por escrito, da editora.

Coordenação Editorial: Sálvio Nienkötter
Editor-Executivo: João Lucas Dusi
Editor-adjunto: Daniel Osiecki, Claudecir de Oliveira Rocha
Capa: Paula Villa Nova
Design editorial: Carlos Garcia Fernandes
Produção: Cristiane Nienkötter
Revisão: Édio Pires da Gama Duarte
Preparação de originais: O Autor

Dados Internacionais de Catalogação na Publicação (CIP)
Angelica Ilacqua CRB-8/7057

Gama, João Pires da
O jardim de rosas na alameda das fossas / João Pires da Gama.
– Curitiba : Kotter Editorial, 2023.
86 p.

ISBN 978-65-5361-161-0

1. Poesia brasileira I. Título

CDD B869.1

23-2367

KOTTER EDITORIAL

Kotter Editorial Ltda.
Rua das Cerejeiras, 194
CEP: 82700-510 - Curitiba - PR
Tel. + 55(41) 3585-5161
www.kotter.com.br | contato@kotter.com.br

Feito o depósito legal
1ª Edição
2023

O jardim de rosas na alameda das fossas

João Pires da Gama

Aos meus pais, dois corações selvagens, que nunca desistiram de mim.

Sumário

Introdução

Às vezes, me pego perguntando: Posso ser feliz, mesmo quando o mundo está a cair e as pessoas estão sofrendo? Posso orquestrar uma certa felicidade sem espatifar-me em uma certa ilusão? Poesias, sim, poesias para o fim de uma maquinação. Poesias para manter Deus vivo. Poesias para se permitir uma certa humanização. Nem sempre eu cultivei o amor-próprio. As dores formaram minha personalidade. Gosto de imaginar, quando estou triste, que há um lugar para pessoas como eu, que navegam o mundo em direções diversificadas. Então, sempre imagino um jardim. Um secreto jardim, onde a consciência pode expressar-se e pode dar vida aos meus temores, às minhas verdades e às minhas mentiras. É um jardim feito como uma sessão de terapia, onde a terapia acontece em uma manifestação interior, tão grande, que pula para fora e se mostra desenhada em imagens de rosas que, desconsoladas, invocam cuidados que emitem palavras que ressoam como se uma catedral surgisse e me desse aconchego e alento. O jardim das esquecidas potestades. O jardim de rosas na alameda das fossas. Aprecie seu interior fragmentado. Aprecie suas marcas, suas chagas. Não há dor que não possa ser imaculada. Não há medos que não possam ser dissecados. Abra os braços para a eternidade. Sua alma necessita de um bálsamo, onde possa se apaixonar. Sinto que o sol não queima e a tristeza desabrocha como uma luz que se acende na minha cabeça deteriorada. Distúrbios da aurora. Açucenas me abrem, então, o caminho, por onde as flores se bifurcam, em direção aos majestosos espelhos de um lugar que fica em lugar nenhum. Eu, finalmente, existo como criação divina. Ao leitor eu peço, então, alumbramento. Peço que compreenda toda a minha confusão. Pois ela é verdadeira e pede carinho, atenção. Quando você respirar, irá me fazer viver. Irá permitir que eu possa ser. Permitir que eu exista, mesmo enquanto uma abstração. Irá ver minhas asas, quando eu continuar a morrer em cima das santas construções, em cima dos firmamentos. Eu, o eterno prisioneiro da passagem. O eterno navegante da criação…

Amor Bruto, Sublime

Eu deveria estar morta
O tempo há de se desencontrar
Tudo parece ruir ao mesmo tempo
As horas passam descompensadas
Eu me pego pensando em você
Em seus tons azuis e chamas negras
Você, que é um ente estranho e querido ao mesmo tempo
Minhas rosas estão em chamas
Grito o seu nome na noite célebre
Tenho os meus vinis destruídos
Meu corpo está sangrando em sua abstinência
Cadê o seu cheiro, cadê o seu gosto
Estou morta de sono
Estou morta de novo
Existe um fim para mim nessa vida atribulada?
Quero estar morta
Mas quero outra rodada
Do seu cão engarrafado
Homem fantasma
Homem barata
Homem que me mata
Me mata em seu apelo antigo
Sua vibe gangster
Sua vibe psicopata
Volte
Volte sim
Mas fale mais baixo

Não sou surda
E, assim, somos um com a santíssima trindade
Somos um em liberdade
Festa dos santos apadroados
Assim nos casamos
Assim nos esgotamos, as rotas almas
Desaparecendo nas chamas
Desaparecendo nos trópicos
Desaparecendo na música
Desaparecendo aos infernos
Minha lírica é toda uma erótica sinestesia
Gosto de fumaça
Cheiro de gasolina
Estamos em chamas de novo, meu homem torto
Anjo maroto, um pouco escroto
Te amo
Simplesmente
Tudo está pegando fogo
Tudo está morrendo... de novo... de novo...

A Mais Nova Namorada

É meu apelo
Estar de novo em sua mirada
Cabelos molhados
Tiara prateada
Fotos na cerca
Nós, qual gado na estrada
Céu oblíquo e azul
Você, a perfeita namorada
Escuto seu pranto
Tenho-lhe nas melodias de minha guitarra
Amor brando, amor tolo
Minha mais nova namorada
Somos aquela canção dos Beatles
Em uma noite de cachaça regrada
O dedo do meio apontando o caminho
As mãos ao vento em desalinho
É tudo para você
Minha namorada
Minha armadilha
Talvez, uma furada
Mas nada lhe rebaixa
Pois
Você é até o dia em que eu enjoar
Minha mais nova namorada

Lamento do Menino-Grande

É doce o meu lamento
Uma poesia de Mário de Andrade para compensar
As horas que passam obtusas
Cheias de um gás nocivo
Gotas de orvalho em minha carne
Gosto de tédio e reprimendas
Doces oferendas
Ao Deus menino
Jesus negro
Sou uma velha profecia
Sou a pauliceia desvairada
Canto mil cânticos por moedas de ouro
Já vai tarde alentar com seu choro
Menino grande
Um estouro
Estou falando como antes
Quando morta estive
Pelas ruas escuras
Em uma noite de maio
Esgotada e triste
Uma piada naufragada
Sou a canção no banjo tosco
Uma melodia de ninar o Diabo
Posso ser amiga de um mago
É o mago o próprio diabo?

Sou uma canção a tocar no pátio
De sua construção belicosa indiferente
Deus, quero partir logo
Você me compreende?

Amor, Hino que Mata

Acendo um cigarro
Espero ouvir seu carro
Chegar
Acendo mais um cigarro
Espero ouvir seu carro
Chegar
É você o homem mais bonito
O homem das argolas de ouro
O homem-passatempo
Chocolate amargo e vinho
Na minha boca a degustar
Renomado cozinheiro
Você é bárbaro
Seus cabelos negros ao vento
Homem-tempo
Você é meu barato
Sou mulher de chão e de cozinha
Mato o tempo com café e outros tragos
Enxergo em sua deletéria rebelião
Um vento maroto
Sôfrego
Desesperado
Acendo um cigarro
Espero sua chegada
Estou determinada
A ficar acordada
Esperando sua chegada

Meu homem, você me atinge em cheio
Estou desbaratada
Estou desesperada
E eis que ouço o barulho
De seu fusquinha a ranger na entrada
É meu homem que chega
É aquele de quem sou namorada
Não mais o meu choro
Não mais cigarros
É hora de dormir
Ao lado desse homem
Que me é ainda estranho
Porei meus braços em seu pescoço
Beijarei seus lábios
E quando ele sussurrar meu nome
Eu estarei novamente morta
Em pedaços
Eis que sou uma mulher
Eis que ele é o homem
Somos assim, um casal
Que só sabe morrer
Que só sabe dizer
"Eu te amo"

Santa Arquitetura

Meu corpo é a Sistina
Onde você pisa com seu adultério
Eu nunca achei que iria chegar a algum lugar
Pois lutei tanto por um espaço meu
Aguardo o juízo final
Sinto um tédio por meu corpo
Sinto que você ainda mora aqui
Aqui, onde eu sinto dor
Aqui, onde lhe imploro
Não acabe comigo
Então, eu fecho meu corpo
Minha cruz veste o meu pescoço
E eu, com meu corpo negro
A lhe roçar a alma
A lhe ferir os lábios
Sou tão descartável assim?
A Capela está em chamas
É uma enorme perda para a cultura
Vodu permeia meus medos
Posso ter a certeza de que não irá me trair de novo?
Passeio pelas minhas zonas erógenas
É o renascimento
Ancestralidade dos corpos tesos

O corpo fala, o corpo fala
É o esgotamento
Uma receita que não funciona mais
Volto ao pó
Queimando os meus começos

Anjo Negro

Estou como que entregue
Meu corpo, o objeto no chão
Uma leve dor de cabeça
Meus santos lançados ao cão
Se sou mulher é porque não sou homem
Mas como eu queria a masculinidade para mim
Eu que sou o objeto no chão
Meias verdades que incendeiam meu coração
Vou assassinar o próximo que me coagir
Irei escrever poesias dos demônios que habitam aqui
Hei de me lançar aos infernos
Espargir-me
Codificar-me
Você consegue ver os anjos?
Esses anjos que voam nesse antro de perdição?
Pois bem, devo me elevar
Devo me entregar
Matarei todos os homens que tocarem em mim
É apenas uma objeção
Faço minha limonada
Você é o mistério da razão
Meu homem-alazão
E aos ares de verão
Qual uma ave presa em sua ilusão
Eu sei que sou a mulher

Feita para sofrer
Feita para sobreviver
E, assim, se inicia a canção
Venha para dentro, anjo negro
Pois negra será nossa conclusão

Atrás da Porta

O que há atrás da porta?
Meus cigarros acabaram
Um gato preto passou por aqui
O vento me engole a aura
Se um corvo por aqui passasse
Eu feriria meu corpo em contraste
Gótica colher de ouro
Ouro negro
Pó venenoso
Ouro preto
Ouro preto
Minha alma aleijada voa
Em território baldio
Eu respiro meu dinheiro
Meu colar de pedras ônix brilha
No escuro, minha voz lhe chama
Louca tentação de vaudeville
São apenas imagens soltas
Já sei que não estou mais aqui
Aqui falo dos espelhos
Noiva freira morta e suicida
O que há atrás da porta?
Todos os seus erros
Eu vomito a linha provisória
Crio um clima de construções tortas
Dou meu coração ao duque negro
Estou permeada de tensão

Tensão por um vampiro sanguinário
Ele toca as canções das tumbas
Acabou com as rosas do canteiro
Minha voz escultural falha
Obrigada, por estar aqui
Com sua navalha
Vai tarde alentar sem pudor
Com seu amor não polido
Com seu jeito de guerreiro
E cínica aptidão
Mas, então
Você já atravessou a porta?

Nossa Senhora da Porciúncula

Há muitos adeuses aqui
Hei de repetir seu nome
Aos quatro pontos cardeais
Hei de pôr meu coração aos séquitos
A beleza franciscana
O apelo imagético
Aquele Jesus que reclama
Para si os objetos
Objetos inanimados
Proféticos
Há um mago em qualquer um que habita
A Nossa Senhora da Porciúncula
Construção mais que magnífica
Os anjos dançam pelados
Pelados por amor aos confrades
Todos os loucos algozes
Eu hei de me despir do medo
Morrer em cima das santas construções
Eis meus direitos consortes
Morrer em eterno sacrifício
Na Nossa Senhora da Porciúncula

Igrejinha

Eu estou a pé
Ele está de bicicleta
Há muitos pardais no ar
É no ar que nosso amor flutua
Somos jovens e invencíveis
Temos a paz de um poeta em declive
Trocamos provas por tardes encantadas
O azul é a nossa cor
Igrejinha da 307/308 sul
Construída por uma promessa
Feita por Sarah Kubitscheck
Nós fazemos o sinal da cruz
Enquanto a tarde cai
E nós vamos ficando por aqui
Eternizados
Por uma construção tão bela
É nossa Brasília amarela
É nossa Brasília etérea
Muitos morreram por ti
Devemos nos agarrar a eles
E pela rua vamos em doce contraste
Com o céu colorido de uma tarde cor de anil
É Brasília quem nos assiste
É Brasília quem nos permite
Estarmos juntos aqui
É nossa Senhora de Fátima
Que nos abre o caminho

Para mais um dia de domingo
Mais um dia de respiro
Não mais choros e tristezas e mortes
Apenas as lágrimas tenras que pelo rosto caem
Elixir dos imortais
Quem quer nos seguir?

Cabelos Brancos

Cabelos brancos
Pelas ruas do Rio de Janeiro
A tomar, na Cinelândia, um chope
Discutindo com o vento suas opções
Voltar ou continuar?
Cabelos brancos
Seus amigos são todos pobres
Sua idade desmascara a sina
Com sua bengala de madeira branca
Dorme no banco da praça
Acorda contemplando a tarde
E vai morrendo pela noite afora
Sempre estivera morto
Sempre fora um velho doente
E de toda sua boemia
O que sobrou está silente
E agora ele concorda
Solitariamente
Mais um chope, meu camarada
Mais um chope, porque eu estou voltando
Estou voltando...

Basílica de Nossa Senhora do Pilar

Eu só vim por desespero
Meus ancestrais pesaram meu corpo
Meus cabelos em tranças Nagô
Quero atravessar a nave
Partir mais corrompida
Estouro em verborragia
Me prendam o corpo negro
Meu sexo amputado
Aqui em Ouro Preto
Me esfolaram a carne
E, na Basílica, largo o peso
E tudo glorifica
Viro armadura cognitiva
Mais uma morte, mais uma vida
Na Basílica de Nossa Senhora do Pilar
Santifica! Santifica!

Maçã

Eldorado
Carne viva
No belo verde, o ouro
Na resplandecência de um touro mouro
Estou a falar besteiras?
Se lhe entrego a maçã nas mãos
Não é para lhe enfeitar o cortejo
E sim para você morder
E por amores morrer
Por mim
Por mim
É a canção dos atentados
São os sete selos desselados
É o fim
É o fim

O Mistério

Há um homem no vazio
A floresta canta
É primavera
Como se não nascido
Morreu de bermudas
Asfixiado por seu próprio cheiro
O ermitão da cultura
O mistério
O mistério
Sou homem de boas pescas
Grandes peixes
Sou homem de doces serestas
Aqui nessa belíssima floresta
Eu me visto com o mistério
O mistério
O mistério
Sobre o que estou falando?
Nada certo
Nada certo
A floresta continua cantando uma esperança
Quando será que acabará essa guerra?
É um mistério
É um mistério...

O Aleijado

Estou aqui a olhar a janela
Em minha cabeça, crianças cantam
Notas para um morto obliterado
Se esqueço de mim mesmo
É porque vivo em um mundo bárbaro
E como se desaparecesse
Qual um espírito amórfico, pela janela
Atravessado
Vou selando meus caminhos
Eu, o velho aleijado
Crianças brincam no playground
Meu coração se descompassa
Bump-bump-bump
Eu devo morrer agora
E, talvez, do outro mundo, eu possa acessar
O jardim de rosas na alameda das fossas
Cheirando as flores em meu obituário
Criança um dia eu devo ter sido
Mas quem sou eu agora, na hora de minha morte?
Apenas um silvo no tempo
Apenas um homem aparentemente sem passado
O passado presente no futuro
Tudo foi e continua sendo
Inventado

Morta

Eu estava lendo Ariel, de Sylvia Plath
Quando bateram na porta
E eu fui ver
Eram as crianças
Todos acham que eu sou louca, nessa vizinhança
Devo eu me manter atenta
A todos esses absurdos
Com meu baralho, eu só vejo
Tempestades
As flores cheiram a cinzas
Que maldita depressão a minha
Por que não me casei
Ou criei uma família?
Tudo o que tenho são essas poesias
Tão tristes, tão reais, já tão minhas
Devo inventar uma realidade
Para escapar dessa lápide fria
Já vai tarde alentar
Turvos homens brutos
Eu sou o rouxinol a cantar
Na alameda das fossas
Absurdos
Eu estou morta
E isso é tudo...

Anjo

Estrelas no escuro
Vistas por seus olhos
Lindas devem ser
Há poeira nas minhas asas
Consegue ver?
Consegue ver minhas asas?
São asas para voar
Para que mais seriam?
Asas para morrer
Continuam me adestrando a alma
E eu continuo caindo por aí
E só as estrelas você consegue ver
Acho que eu nem existo mais
Arrancaram-me as asas
E só quem é anjo pode crer

Por Hoje é Só

Livros eu tenho demais
Amigos eu tenho de menos
Quer vir à minha casa?
Tenho café, bolo e cigarros
Eu estou quase morto
Mas tentarei estabelecer contato
Se eu falar estranho
Por favor, não ria
É que eu contenho multidões
E, para mim, é difícil ser uma só pessoa
Quebro o vidro e piso nos cacos
Minha mente é um globo
Espelho a morte, o ultimato
Brilho falso em uma noite opulenta
Estou mais zumbi do que nunca
Sei que você não virá
Acendo um cigarro e olho a parede
Tudo o que eu tenho são paredes
A me ferirem a alma
Então, você virá ou não?
Pois, se não vier, eu vou ficar disforme
Talvez eu acabe com tudo isso
Talvez tudo piore
Bem, melhor esquecer
Pois senão vai doer
E, assim, ficarei mais solitário
É mais uma morte que está para acontecer...

Hesiodo

Você é como Hesiodo
Um pastor louco e drogado
Coitado do verdadeiro Hesiodo
Mas você adora indisciplinar as coisas
À espera de suas musas alcoolizadas

Menino-Estrela

As estrelas parecem mais brilhantes
Agora, que estou aqui com você
As constelações parecem estar mais perto
E a luz dos seus olhos me ultrapassa
Menino-estrela
Com quantos quilos de doçura se faz um menino-estrela?
Não consigo parar de lhe chamar de menino-estrela
Você me lembra os dias dourados
Seus cabelos negros cacheados
E você sou eu, menino-estrela
Estou sozinha
Vou naquela estrela-negra
Onde mora o eterno mistério
Menino-estrela
Menino-estrela
Você será o meu planetário
Será o meu adultério
Não sei não ser profunda
Estou envolta em desconjuro
Um planeta do absurdo
Uma mensagem do espaço
Bem, já vai tarde
Eu vou cedo
Ao primeiro brilhar do sol
A aurora dourada
Estou encantada
Meu menino-estrela

Seja sempre belo
Sempre cálido
Mesmo eu perdida em uma cega escuridão
Eu sempre lhe terei o gosto
Seu gosto de pecado
Estelar profecia
Anjo negro
Vou para o outro lado dessas estranhas veredas
E você sempre morará em meu coração
Menino-estrela
Menino-estrela...

Ad Eternum

Estou aqui bebendo por horas
Davi há de chegar por agora
Mal sabe ele o que o espera
Irei enfiar uma bala em sua cabeça
Sou uma mulher irada
Meu ego se alimenta de mim
Tenho agora ódio dos homens
Podem nos estuprar e sair ilesos
Meu amor é por Deus
Pelo Deus abnegado
Um pouco de luz se derrama pela minha garganta
É fato que de uma mulher em ira
Há de se ter cuidado
Estou aqui a beber desse vinho
Cor do sangue que derramarei de meu amado
Estará em minha conta, eu sei
Que Jesus seja louvado
Ad eternum

Pétalas de Shiva

Um homem caindo por uma mulher
O algodão cortado no chão
Da camisa rasgada
O rosto sujo de sangue
Um espetáculo para os passistas
Um samba nunca soou tão bom
E, da face da mulher, pérolas brotam
Estéril e repleta de ódio no coração
Ela é a rainha da canalhice
Da sua tromba de elefante
Eu escuto gotas de orvalho a cair
Meu mundo é supersônico
Estou vendo beleza, talvez onde não há encanto
Em uma camisa ensopada
A morte no espanto
Uma mulher ruim em seu carma
Um homem submisso morto em flagrante
De sua eterna Glória passiva
Por pensar que aquela mulher lhe valia
Uma morte
Pétalas de Shiva caindo no Ganges

Cigarros Antigos

Há amor nos seus braços
Há tédio nesse dia
Como morangos
Fumo cigarros
Para esquecer tudo que é difícil
Sua boca quente me ricocheteia
Seus dentes brancos em um louco sorriso
Você é o coringa
Só sabe dar as cartas em golpes insanos
Estou ouvindo sua música
Vibrando
Cores quentes em cores frias
Incontáveis silêncios
Suas pequenas obras-primas
Estou assim
Como no nada
Pois tudo existe no grande nada
E as horas passeiam pelas minhas lágrimas
Eu, que sou a menina nos olhos dele
Não mais paraísos belos
Apenas paraísos perdidos
Onde namoramos as flores secas
Em um jardim demasiadamente esquecido

Copacabana Palace

Flores na mesinha
Licores doces
Língua solta
Dentes brancos
Vida louca
Onde as pessoa são ricas juntas
Gritos como sobremesas
Na piscina, os corpos tesos
É mais um dia azul e fresco
O sol que canta namorando as sereias
Que fumam cigarros importados
E dirigem conversíveis
Pela cidade, que é só delas
Essas desvairadas estrelas
Entrevistas pelo vento
Que corre o Copacabana em enorme êxtase
Toda uma gente rica
Que eu amo
Um dia, onde não há o que fazer
Elas só deitam nas espreguiçadeiras
E fingem estar fazendo alguma coisa
Com seus celulares caros
E seus rostos sem expressão
Óculos escuros
Falas que são mais suspiros
São essas pessoas que saem nas revistas
E são adoradas pela falta de cultura

Apenas existem no Copacabana Palace
Como figuras de cera, ilustres
Em um teatro de marionetes
Elétricas marionetes
Em seus shows da vida

Criança Amada

Quem é você?
A quem você chama?
Assim, tarde da noite?
Você acredita em Deus?
Acredita na aurora dourada?
Acredita na magia?
Ama sua cara manchada?
Sou uma com o espírito
Levito nas noites caras
Eu sou a eterna chama
Que lhe dá a vida
E lhe põe na estrada
Mas você não sabe
De nada sabe
Eu sou o amor verdadeiro
Gosto de ver você dormir
Sou só um fantasma
A te ter com minha alma
Durma, minha criança
Durma sendo amada...

Nós, Os Selvagens

Eu costumava andar pelas ruas
Cheio do som e da fúria
Aceso, apagado
Um romântico inveterado
Eu e meus amigos
Bêbados, felizes
Bebíamos às nossas ignorâncias
Nossas bravuras indômitas
Em um paraíso de asas de palha
Os selvagens
Doces bárbaros
Nas extensas securas
Dos estranhos estados
Intensos e drogados
Intensos e desajustados
Você ainda me ama?
Ou só gosta de mim quando estou alto?
Eu grito seu nome às estrelas
Quando toda noite me derrama suas dores, fico machucado
Estou cansado
Estou cansado
Espero acordar para um mundo de cores saturadas
Pois, aqui, está tudo tão pálido
Tão sem chão

Sinto-me violentado
Tenho um coração selvagem
Deus há de vir com a resposta
Enquanto por aí eu vago
Vagamente alcoolizado, esquecido, dilacerado…

Meu Namorado

Sua mão na minha mão
Sua virilidade e segurança
Segure-me, pois estou a cair
Tudo se move
Tudo se parte
E tudo continua a seguir
Nada para
Nunca
Me leve ao jardim de rosas
Na alameda das fossas
Lá, podemos ouvir Nina Simone
Ninguém irá nos parar
Pois somos fortes, intensos
Sua boca tem o gosto do verão
Um verão inexistente
Nunca seja menos do que você é
Seja meu homem-estrela
Ilumine minhas verdades
Sou uma com você
Para sempre
Meu namorado…

A Cegueira

De olhos bem fechados
Para não ver a bagunça
Os espelhos rachados
Escute
As crianças estão a cantar
Os hinos de Natal
Mas esse ano Papai Noel não veio
Quando eu descobri ao que eu estava predestinado
A ser o eterno sacrifício
Sacramentado
Jesus morreu por nós
E eu morro também
Fantasma desavisado
A vida tira, tira, tira
E toda a fantasia desaparece
A mais um raiar de um sol
Que queima, queima, queima
Todos os homens estão mortos
Acidentados...
Essa história eu terminei... Pode matar...

Amor Palhaço

Você é a coisa mais perto de Deus
Mais perto da transcendência
Mas por que você fez assim?
Me fere, machuca
Pare
Me olhe
Eu sou sua filha
Estou morrendo aqui
É esse o jardim
Onde ficam as fossas
Onde eu sou a bailarina
Que teve amputada a perna
Cadê você?
De você eu preciso
Sejamos como fadas douradas
A dançar ao vermelho sol, encantadas
Volte!
Volte!
Eu posso ficar assim
Aqui, deitada
A esperar a noite
E seus doces acordes
Seja sempre eterno
Adulterado
São as canções assim
Dos circos
Onde roubaram meu coração

E a dor veio
Me chame de azul
Que você pinta de preto
Destrua as cartas
E me ame direito
Nós, separados
Nós, inexistentes
Nós, enviesados
Você roubou minha coroa
Vai tarde, alentar suas dores
Seu palhaço...

Felix Culpa

Podia ser o nome do livro
Felix Culpa
Como a crise, que vem limpar os caminhos
De cruzes em neon, que piscam
Piscam, piscam
Atraindo novos seguidores
Pode fazer o mal
Pois, depois virá o bem
E todos estão em busca de soluções
Mas só encontram um lindo, imenso oceano
Oceano de coisas novas
Oceano de coisas velhas
Então, busquemos, no torto, nossa glória
Lúcifer sorri para nós todos
Com sua *Felix Culpa*
A nos abrir os caminhos…

Sombras

Há imensas sombras sobre mim
A me apontarem estranhos caminhos
Se há algo além de mim
Um Deus há de me dizer
Na linguagem dos sonhos
Sombras
Nossas sombras
Que nos devoram em medo
Em psicossomáticas expressões
O desvelo
A morte
A armadura cognitiva da vida
Em total apego
Me reviram o túmulo
Eu, que estou nesse jardim de rosas
Atolado em uma certa desgraça
Insólita e alquebrada
Me reviram os órgãos
As sombras são missivas
Eu largo o ambiente em misérias pródigas
E assim vou descendo
Aos confins das glórias...

Fernet Branca

Entramos na noite
Corrimãos pálidos
Engolimos sapos
Papamos moscas
Diga rápido
Cabreiro
Quais são seus capitais?
Um homem do deserto
Que traz na lapela flor Silvestre
Nas canções dos sirocos
Pernaltas incontestes
Vêm da mata
Nossa mata
Fernet branca na toada
Empapuçados de amor
E discórdias
Bêbados inveterados
Uma canção do Chico
Um assovio pelo vento dado
Vai tarde amar o Senhor
Entornando seus pecados

Dor

Dor, você vai voltar?
Pois, se vier, vou me preparar
Para seu soco no meu estômago
Dói demais conviver com você
Até sonho com a morte
E você, quando vai voltar?
Estarei aqui esperando
No escuro do meu quarto
Chorando
Às vezes, me vejo como um mártir
Parece que tenho apreço pelas coisas difíceis
Você me arrancou as asas
E agora, nem sei mais... se...existo...

Lua Pesada

Venha!
Sente-se aqui
Já foi apresentado à lua antes?
Já ouviu falar da arte que os loucos fazem?
O que é um louco para você?
Alguém que desenha fora da linha?
Que faz furacões em copos d'água?
Pessoas que sabem sofrer muito?
Olhe a lua pesada
Ela convida o seu lado
Mais criativo
Venha com a gente
Sinta os ares que a brisa noturna
Felizmente, nos presenteia
Construamos nossos ninhos
Com palha e arminhos
Cheiremos a abetos e flores mágicas
Fumando nossos cachimbos
E entoemos as poesias e toadas
Seremos eternos amantes
Na noite de lua pesada…

Estrelas Nos Seus Olhos Lindas Devem Ser

Estou aqui a contar estrelas
Nunca soube os nomes delas
Nomes, que quando saíam de sua boca
Me faziam sonhar, flutuar inteira
Você, com seus balões vermelhos
Boca doce
Língua enxerida
A trazer estrelas
Para perto
Perto de mim
Por que você foi embora?
O amor não foi o bastante?
Ainda guardo aquela folha
Que você pegou na primavera
E guardou naquele livro
Oh, estou desbaratada!
Em chamas azuis
Que com você ficariam negras
Vou-me embora desse mundo
Para tentar alcançar o seu
Amor
Amor incontestavelmente etéreo
Poético e verdadeiro
Vou nessa nave
Minha vida inteira
Em pós cósmicos, fotos eróticas
E a vaga lembrança de um dia ter existido...

Arlequim e Suas Rosas

Quero rosas azuis no dia de meu enterro
Para eu barganhar com Deus
E sua eterna tristeza
Você pode me levar
Mas as rosas irão me acompanhar
Quando o caminho eu atravessar
Ao encontrar a Divina Glória
E ser um com os seus
Veja a minha aura
Vivi a vida de um santo
Eu conheci o Espanto
Fui o estranho no ninho
Agora, apelo à liberdade
No jardim das rosas
Leve-me
Para que eu renasça eternamente
Eu e minha história
De arlequim dissidente…

Paz

Nós somos os filhos de Frida
Dando vazão às nossas dores
Em formas coloridas
E sanguinárias fomes
Deixamos tudo à mostra
E nada modificamos
É a dor nossa licença
E no corpo da pomba, o elefante
Quanto amor destilaram esses errantes
Nós somos filhos das revoluções
Da mão humana à máquina fria
Filhos de Frida
Só sossegaremos quando, com as asas
Asas de palha
Nós percorrermos os céus, extasiados
Entregando-nos à chuva dourada
Novas fontes, novos eus
E com uma certa paz, nos sublimarmos, ídolos jovens
Em consagração com a grande arte
Eternos, enquanto mortos
Enquanto a existência nos possibilite a criação
Seremos
Seremos
A paz do mundo…

Aplausos

Mãos que se tocam umas às outras
Rostos perplexos
Bacanas
A orgia de um lindo carnaval
Carne com carne
Ouija, ouija!
Nos comunicamos com os mortos
Que nos aplaudem no simpósio
Engolidos pela terra
Apavorados
Aplausos
Aplausos
O ídolo cospe lindamente
Acertando o rosto de uma groupie
Músicas que soam como hinos
Aplausos consomem os meios
Eu só quero você
Só quero você
Me aplauda no escuro
Quando eu lhe fizer gozar
Aplausos…

Olhos

Olhos que sentem
Medos que consomem
Os olhos que veem
Que comece o armistício…

Estranho

Pessoas estranhas
Que alimentam o mundo
Entregando às pessoas o que são delas
O que elas possuem
Seus elixires da vida
O homem que veio do barro
Barro intergaláctico
Entregando os filhos de Eva
Para cima
Para baixo
Mãos que se unem
E abraçam a terra
Mãe terra
E o Pai sol, que nos dá consciência
Na luta de todos os dias
Nós, as eternas crianças
Suas...

Flor do Querer

Se você estiver sozinho
Saiba que é amado
Saiba que é querido
Se se suicidar
Vai perder toda uma vida
Difícil
Mas é a vida
E vida foi feita para ser
Difícil
Não pare o filme agora
Assista até o final
Se estiver sozinho
Este livro é para você
Sinta minha
A sua
Dor
Navegue nas tempestades líricas
Eu o amo
Ame mais você
Pois é nos solitários que Deus habita
Os cavaleiros
O coração de todas as Marias
Venha ver a flor que acabou de nascer
Venha ver
Viva em mim
Viva em você
Com toda sua flor do querer…

Café

Pegue uma cadeira
Sente-se confortavelmente
Olhe as paredes, se houverem
Oblongos instantes
Se tiver alguma vista
Aproveite
Eis a arte do nada fazer
Como é bom nada fazer
Café para a mente
Que o dia comece
Ou acabe num repente
Café
Café
Veja as grutas do tempo
Abrindo horizontes eternos
Café, que em instantes
Se torna uma fé
Equalizando
Chegou a hora de consumar progressivamente
Casar com as horas
Em explícitas contagens
Há bebês nascendo toda hora
Há gente morrendo sem você saber
Café
Café
Esse poema é para você…

Bençāo

Aqui está chovendo
E aí, também?
Tenho um coração de ouro
Sou a ponte para uma fantasia
Árvores douradas, animais falantes
Você já foi ao jardim?
Jardim de rosas na alameda das fossas?
Lá vivem duendes em estranhos galhos
Há maravilhosas cítaras
Lagartas enormes, fumantes
Cantantes borboletas
E a morte vestida de freira
Que coisa mais linda!
Eu estou morto, afinal?
Ou foi você quem morreu?
Pouco importa
Esse é o nosso maravilhoso escape
Brilhemos então
Com todos os ajudantes de uma certa tristeza
Que só nos alimenta a alma
Construamos alicerces
Que as imagerias sempre gozem
Dos eternos navegantes
Resistamos
Existamos
Sempre
No jardim…

Glória

Abençoe os adultos-meninos
Molhe-os com o elixir da ilusão
A ilusão que esconde as coisas da vida
Um suspiro
Um alazão
A máquina a nos engolir
A escuridão
Faça-os ver Saturno
A viração
Corpos múltiplos
Distendidos
Forcas e cabeças
Gente morta
Penitentes
Nos purifique, então, com sua glória
De Anjo Triste e silente
E nos faça viver
Eternamente

Mulher das Secas e Enchentes

Unhas pintadas
Cabelos lavados
Olhar invencível
O amor foi para o ralo
Me assista
O renascimento
Beleza grega
Em um intento
Boca afogada
Fogo azul, vermelho
No espelho, toda a graça
Dela
Em seu mundinho
De mulher
Forte
Fraca
Oh, que mulher!
Comigo casa?
Casa
De veludo preto
Oh, descarada!
Mulher do sexo imundo

E outros prantos
Outros planos
Mulher regurgitada
Morra antes
Antes que me mate
Sua desgraça alada
Voe!

Poesia

Laços desfeitos
No xadrez da vida
Uma existência ferida
Jesus passou por aqui
Pés descalços
Amores vãos
Existem seres de outros planetas?
Outras palavras?
Céus escuros?
Viva a confusão
Eterna confusão
Aos que aqui pisam o chão
Os indigentes
Sujos
E toda a imensidão
De existir e não resistir
E vencer o dragão
De todo dia
De toda noite
Laços refeitos
Quando o sangue quente
Se derramar
Nos desvãos
Morreu o passarinho
E eu morri também
O sol me engoliu
E eu virei
Poesia...

Menino-Forte

Ele está ali
A não receber
Frutas que caem ao chão
A gravidade que segura
Tempos remotos
E uma certa devassidão
Perdeu o celular
Perdeu o chão
É primavera
Doce primavera
Será que o amor já pousou?
Ou vai pousar ainda?
Eu te amo, menino esquecido
Sua doença será seu alívio
Quando atravessar a porta
Porta para o outro mundo
Entregar seus braços à eternidade
E voar indiferente
Nesses ares, distúrbios
Procure o amor, que Deus camuflou
Use do pensamento para criar bolhas
Bolhas de segurança
E sempre cuide de sua saúde
Não se pode só ser louco nessa vida
E depois, me convide para beber alguma coisa
Nem que seja água
Então, não fique triste

Tome esse abraço de letras
A lhe saudarem os olhos tristes
Menino lindo
Menino-Forte

Espelho

Há um mágico no espelho
Ele lhe convida para dançar
Ele carrega a insígnia de um louco
Se faz de mulher para lhe capturar
É de um sonho lindo, torto
Toda a dor de um mundo negro
Existindo em suas canções
E desfeitas de um homem cancioneiro
Que leva o Diabo na guitarra
Cantando as marionetes elétricas
Heréticas
Que mundo doido
Aqui eu brilho
Aqui eu morro
Como um samba a cair na avenida
Avenida de todas as dores
E de todos os santos
Seria a magia o fim de um mundo?
O que é o renascimento?
Posso renascer em um Jesus plastificado?
Ou voltar só como um pobre diabo?
Morrer é minha sina
Vou atravessar aquele arco-íris
E ser, nas reprimendas, um homem torto
Beijando as açucenas
Doces como a carne de Deus
Sempiterna

Deletéria
O mágico é o diabo no meu corpo
Acendo uma vela, sento e oro
E caio dormindo na cama
Vazia por direito
Espero que o mágico não suma
Espero que Deus acorde
Logo... por certo... por obséquio...

Divina

Se palavras me faltarem
Que seja assim
Estou cheia de um cansaço
Tão cheia que fiquei vazia
O meu homem já não me ama mais
Na verdade, nunca amou
Corto as cebolas
E choro um pouco
Me emociono?
Ponho elas para fritar
Coloco alho
E cheiro
Um cheiro brasileiro
Acho que não perdi a alma
Pois, com o diabo, não fiz desfeita
Sou só essa eterna cozinheira
Cozinhando até o que não existe
E o que existe entrego de presente
A quem quiser experimentar o meu tempero
Divino!

Mundo Novo

Estou sentado a olhar a janela
O verde me convida
Eu sou da Natureza
Uma Natureza primitiva
Mulheres morreram por aqui
Devo suas mãos segurar?
Não me chame só para transar
Esqueçamos esse negócio de sexo
E foquemos em nossas almas
Como velas de muitos dias
Nos fazendo sair de uma certa escuridão
Eterna escuridão
Vamos subir nas árvores
Colher os frutos
Beijar nas relvas
Rente a um Deus misericordioso
Dancemos as canções das selvas
Façamos amor
Façamos guerras
Como é lindo ver na Natureza
Uma fresta
Para o novo mundo

Negra Ilusão

Descalça, apresente-se
Qual é o seu nome?
Deslumbrante mulher de vestido
Negra como a carne de Deus
Posso lhe servir o meu corpo
No seu corpo lentamente
Ouriçando seus votos
Escura sombra do doce dezembro
Volte em todos os amanhãs
Eu não lhe disse minha graça?
Minha graça é João, prazer
Sou devoto de sua negra visão
Assombrando a catedral
Me fazendo levitar do chão
Venha e se pinte de ouro
Seja como uma gárgula na nave desse local
Assombrado por sua beleza
Sua aparição
Sejamos devotos de nossas negras rezas
Por um lugar divinamente estoico
Tenhamos o filho da perdição
Fechemos os nossos corpos
Rente ao chão
Rente ao chão…

Santas Camélias

Maldita!
Lavando os pés com suas lágrimas
Secando os pés com seus cabelos
Princesa hermética
Peça o zelo ao pai menino
Cante os lundus
Seja uma flor
Apagando os relâmpagos
Sendo toda prosa
Maldita!
Porém soberana
O sexo como pecado
O melhor dos pecados
Maldita seja hoje e sempre
Como uma figura religiosa
Extremamente passional e doméstica
Mulher de todas as camélias...

Para Toda a Eternidade

Assovio surdo
Mudo
Na vitrola, Milton Nascimento
Chegou a hora de fazer a travessia
Estarei eu me encaminhando para minha morte?
Mas que morte seria essa?
Toda minha beleza iria evacuar, sumir?
Oh, mas não, eu tenho minha prosa
Este livro será para a eternidade
A eternidade dos loucos
Que, aos escombros, sobreviveram
Ponha a margarida atrás da orelha
Dance um cântico
Pinte o cabelo
Faça as unhas
Grite por dinheiro
Somos eu e você para sempre
Eternizados
Todas as músicas falam sobre você
Então, se formos morrer
Tristes não fiquemos
Abracemos a morte
E digamos: suba!
Que nós queremos ir mais alto
Nesse céu, que é uma ilusão
Nada morre
Tudo vive
Eternamente...

Amor

Falou-se em romaria
As pessoas foram à catedral
Pedir alento
Todos malvestidos
Com uma tristeza como se não houvesse amanhã
Os corpos duros, calejados
Pelo amor de Deus
Pelo amor de Deus
Pelo amor de Deus
Pelo amor…

Cobra

Frutas agonizando
Por serem comidas
Mas seus olhos não veem muita coisa
Você se esqueceu de quem você é
Sinta sua espinha
Sinta o chamado
Falemos em códigos
Castremos o que é matéria
Dançando a dança dos átomos
Vivendo uma vida seleta
Autônomos e celestes
A noite nos inventa
Eu fui de frutas para a noite
Como é bela e louca a poesia
Não se esqueça de tomar os remédios da noite
Cobra cega…

Cidadão do Mundo

Andei o dia inteiro
E não cheguei a lugar nenhum
Orei para os santos
Orei para os não santos também
Ouvi os sinos da igreja
E fiquei assoviando o vento
Como uma louca, débil marionete
Estou ludibriada por coisas
Coisas que não sei o nome
Quero que todo mundo me ame
Que conheçam minhas aranhas
Eu que sou qual um passarinho
As pessoas olham
E acham tudo lindo
É mais um dia que termina
Eu andei, andei, andei
Como uma barata tonta
E as baratas sãos seres muito antigos
Deviam ser reverenciadas
Vou para casa
Vou para casa
Lá onde o amor habita...

O Mundo

Estou com medo de que tenha de morrer
Se eu morrer, vou para que mundo?
Não me leve agora, meu Pai, lhe peço
Lhe imploro
Bato continência
Enquanto espero uma resposta do mundo
Um mundo que tira, tira e tira
Um mundo que se pinta de mundo
E onde não há o mundo, o que habita?
Vou nas estrelas negras
Dando nós em cordas
Fazendo amor com as árvores
Não perdendo minha identidade
E tudo transcende
Explode
É mais uma vida que se consome, ao fogo de uma morte

Absurdo

Tudo é uma grande brincadeira
Nossos caminhos se bifurcam
Como em um mundo de eternos espelhos de Borges
Livros que ainda não foram escritos
Músicas que ainda não foram cantadas
Há muito de Deus nisso tudo
Criança amada do Pai
Você achou que a vida era difícil
Mas não, na verdade tudo é muito fácil
É só você seguir o caminho
Errando, perdendo os achados
E naquele momento, onde não há nenhum horizonte
Cante e dance a poesia dos imperdoáveis
Alguns chamam de indigentes
Mendicantes
Outras palavras
A alquimia é descobrir no ser a eternidade
Longevidade dos corpos etéreos
Bem, muito já foi dito
E chore se tiver de chorar
Você venceu na vida
Mas não é uma transação capitalista
É o ver-se completo, sem ostentação
Sem ser algo comprado pelo dinheiro
O cheiro do incenso minha alma invade
Vou me deitar em meu leito

E deixar minha mente viajar
Para outros lugares, outros mundos
Venha comigo, se quiser
E que nós nos casemos com os absurdos

Catedral

Ao pisar em solo sagrado
Liberto do diabo no corpo
Dançando à luz, que atravessa os vitrais
Como a luz da ignorância
Seus pés sujos, divinos, impuros
A nave seu corpo transcende
O conceito de humanidade
A carne sendo o suplício
O amor, que pede pelo espírito
Seu corpo, logo, reflete a catedral
Seu corpo, seu martírio
Não ponha fogo onde há água
A água que desce pelo seu rosto
E, na catedral, você vira anjo
E, como pomba, subirá aos céus
A navegar os estranhos edifícios
Em sagrada ascensão
Eterna, enquanto brilha
E eterna, como a assombrosa lírica
Que, por esse livro, derramei…

Vida

Dizem que tristeza não tem fim
Mas eu discordo
Acredito na bondade dos homens
No coração de todas as Marias
No carnaval
Nas lágrimas furtivas
Naqueles que dormem nas ruas
Nas mortes de todos os dias
Vida
Vida
A se morrer nas avenidas
Sambando o sangue que bombeia meu coração
A abrir meus braços para o Eterno
Indo para os quatro cantos desse mundo
Mundo
Pobre mundo
Aprendendo a viver
Nunca foi tão bom viver
Obrigado por tudo
Pode parar
Eu vou descer…

pólen bold 90 gr/m2
tipologia sabon next lt
impresso no verão de 2023